LES ESSAIS

D'UN

PARESSEUX

PAR

JULIEN FRANCESCHINI

« Parturiunt montes, nascetur ridiculus mus. »

PARIS

IMPRIMERIE VALLÉE ET Cⁱᵉ

15, RUE BREDA

1861

LES ESSAIS

D'UN PARESSEUX

LES ESSAIS

D'UN

PARESSEUX

PAR

JULIEN FRANCESCHINI

« *Parturiunt montes, nascetur ridiculus mus.* »

PARIS

IMPRIMERIE VALLÉE ET Cᵉ

15, RUE BREDA

--

1861

A MONSIEUR

MARCHAL DE CALVI

Chevalier de la Légion d'honneur,
docteur en médecine, ancien médecin en chef et professeur
à l'hôpital du Val-de-Grâce,
agrégé libre de la Faculté de médecine de Paris,
membre de la Société de phrénologie, etc.

TÉMOIGNAGE DE HAUTE ESTIME

~~~~~~

A MON ONCLE

SIMON-JEAN FRANCESCHINI

TÉMOIGNAGE D'AFFECTION SINCÈRE

A MON AMI GIOVANNELLI ANGE-LAURENT

IL FAUT MOURIR

Il faut mourir ! et quitter cette terre
Où je n'ai fait que languir et gémir,
Tout me le dit, et ma douleur amère
Et mes soucis, mes chagrins, ma misère :
Il faut mourir !

Il faut mourir ! abandonner la vie,
Quitter ces lieux pour ne plus revenir;
Tout me le dit à mon âme attendrie,

Et puis j'entends une voix qui me crie :

Il faut mourir !

Il faut mourir ! tout le dit à mon âme,

Adieu, rêves dorés, adieu, plaisir ;

Non, plus d'espoir, un vain espoir m'enflamme,

Oui, je le vois, la tombe me réclame.

Il faut mourir !

Il faut mourir ! et pourtant dans la vie,

Oh ! je n'ai fait que paraître et venir ;

J'avais rêvé le bonheur qu'on envie,

Mais maintenant ma carrière est finie,

Il faut mourir !

Il faut mourir ! Adieu donc, mon cher ange,

De ton ami garde le souvenir

Que ton bonheur soit pur et sans mélange,

Reçois ma vie et mes pleurs en échange ;

Il faut mourir !

CHANT DU DÉPART

Pour la première fois je me livre à ton onde
O mer, sois-moi propice, apaise ton courroux;
Que toujours sur tes flots la brise me seconde.
Quand la mer nous sourit, voyager est si doux.

Dans un monde nouveau, je vais chercher la vie;
Pour mon âme souffrante, il faut d'autres climats.
Protége-moi, Seigneur, et toi, Vierge Marie,
O patronne des mers! soutiens, guide mes pas.

Mais déjà sur la mer qui, rapide s'élance,

Le vaisseau loin du port m'entraîne, mes amis,

Et prenant son essor vers les rives de France,

M'apprend que de Cyrnos je fuis les bords chéris.

Déjà viennent de fuir à mes yeux ses collines,

Ses plaines, ses coteaux à l'aspect si riant;

Et déjà de ses monts je ne vois que les cimes,

Enfin, de tout côté, c'est l'humide élément.

Beau ciel de mon pays, ô toi qui m'as vu naître,

Reçois de ton enfant ces quelques mots d'adieu;

Je te quitte à regret; toujours va m'apparaître,

Comme un doux souvenir, ton image à mes yeux.

Et toi, de mes chagrins la compagne fidèle,

Toi qui sus bien souvent soulager ma douleur,

N'entends-tu pas ma voix? C'est ma voix qui t'appelle,

Mais l'écho seul répond et m'attriste le cœur.

S'il est écrit au ciel que loin de ma patrie,

Trop funeste destin ! j'aie à finir mon sort ;

En songeant, mes amis, à ma trop courte vie,

Accordez une larme, un regret à ma mort.

Mais si le ciel propice, écoutant ma prière,

Me fait revoir encor mes pénates chéris,

Je veux passer mes jours dans mon humble chaumière

Et vivre heureux en paix avec vous, mes amis !...

A bord du bateau à vapeur le *Courrier Corse*,
le 27 avril 1861.

A Mlle T... F...

———

LA NYMPHE DE LA PRAIRIE

RÊVERIE

Par un beau soir d'été, mollement étendu
Sur un lit doux et tendre, et l'esprit abattu,
Pressé par le sommeil qui, chose singulière,
Me surprend tout à coup et ferme ma paupière,
Je me livrais sans crainte au dieu qui m'a surpris,
Et voici dans ses bras le rêve que j'écris.

Je vois une prairie
Que couvre un gazon vert,

J'entends la mélodie
Des oiseaux dans les airs.

Non loin, sur un vieux chêne,
 Le rossignol toujours
Dit à l'écho sa peine,
Ses tourments, ses amours.

Le zéphyr doux et tendre
Apporte la fraîcheur,
Et je crois même entendre
Les soupirs de la fleur.

O bonheur! Parmi l'herbe
J'en vois de tout côté,
La fleur du lis superbe,
Dont l'œil est enchanté!

Oubliant ma souffrance
Dans ce site enchanteur,
Je contemple en silence
Ce qui charme mon cœur.

Tandis que je m'oriente
Sur ce riant tableau,
A mes yeux se présente
Un spectacle nouveau.

Parmi les fleurs qu'arrose
Un ruisseau dans son cours,
Une nymphe repose
Qui ressemble aux Amours.

Timide tourterelle,
Elle est toute bonté;
Et la fleur la plus belle
Ne l'égale en beauté.

Sur son front pur rayonne
La céleste candeur,
Et sa bouche mignonne
Me parle avec douceur.

Sa bouche, où le sourire
Apparaît si gracieux,
Donnerait le délire
Même aux anges des cieux.

Ses lèvres si vermeilles
Appellent le baiser.
Oh! de lèvres pareilles
On ne peut qu'en rêver.

La fraîcheur du visage
Et la blancheur du teint
Sont un pur assemblage
De parfums les plus fins.

C'est l'étoile argentée

Qui brille au firmament;

C'est la rose embaumée

Qui ne vit qu'un moment.

C'est l'Aurore brillante

Aux purs et blancs contours,

Lorsqu'enfin souriante

Elle annonce le jour.

C'est le soleil qui dore

La plaine, le coteau;

C'est du jardin de Flore,

Le bouquet le plus beau.

C'est le soir, à la brune,

Par un beau soir d'été,

Le charmant clair de lune

Et son disque argenté.

C'est Vénus toute belle
Qui paraît à mes yeux,
C'est une Ève nouvelle
C'est un ange des cieux.

Étonné, je m'arrête,
Me sentant tout en feu.
Elle tourne la tête,
Sur moi fixe les yeux.

Telle qu'une sirène,
Par sa voix et son chant,
Retient, fascine, enchaîne
Le mortel imprudent;

Ce regard qui m'oppresse
Et me remplit d'amour,
Me donne ainsi l'ivresse,
Me fascine à son tour.

Je tremble, je frissonne
Et je ne vois plus rien,
Car son œil qui rayonne
Me fait baisser le mien.

Celui qui les yeux tourne
Vers cet Astre doré,
Aussitôt les détourne
Ébloui de clarté.

Immobile, en silence,
Que vais je devenir ?
Dieu qui vois ma souffrance,
Daigne me secourir.

Aussi bonne que belle,
Cette fleur de beauté,
Me fait signe, m'appelle ;
Je tremble à son côté.

Je m'élance en délire
Dévorant le chemin,
J'arrive, je l'admire,
Elle me tend la main.

. . . .

. . . .

. . . .

. . . .

Trop douce illusion, qu'es-tu donc devenue?
Et toi, que je retrouve encor devant mes yeux;
Bel ange au doux regard, à la grâce ingénue,
Es-tu sur cette terre, ou luis-tu dans les cieux ?

Hélas ! je l'oubliais ! ceci n'est que mensonge,
Qu'une plume légère et qu'emporte le vent;
Une ombre fugitive, une idée, un vain songe,
Un rayon de bonheur qui nous vient en rêvant.

Tout fuit, tout disparaît quand l'homme se réveille,
Il ne reste plus rien de son rêve enchanteur;
S'il est gai, bien heureux tout le temps qu'il sommeille,
Il est à son réveil accablé de douleur.

J'étais, doux souvenir! dans une folle ivresse,
Sur le point de toucher au suprême bonheur;
Insensé, je croyais au charme qui m'oppresse,
Je croyais, mais, hélas! ce n'était qu'une erreur.

Et comme avec le vent disparaît la fumée,
Ou comme fuit l'éclair qu'au ciel on voit jaillir,
De même en m'éveillant, cette fleur tant aimée
M'a quitté tout à coup pour ne plus revenir.

Fausses illusions, vous qui venez sans cesse
Nous faire croire, hélas! un instant au bonheur,
N'allez plus, désormais, par une vaine ivresse,
Mettre encore une fois le comble à nos douleurs!

Ainsi, comme toujours, je passais mes journées,

Joyeuses rarement, mais bien souvent fanées ;

Songeant aussi parfois à la joie, au plaisir,

Et de mon rêve ayant perdu le souvenir,

Quand, un jour, je revis en un lieu solitaire

Celle que je croyais ne plus voir sur la terre.

A Mme T...

ON ME L'A DIT

Avoir de vains désirs
Étouffer des soupirs,
Être dans les alarmes
Verser souvent des larmes,
Croire, quoiqu'au printemps
Qu'on a souffert longtemps,
Avoir même l'envie
D'abandonner la vie :
On me l'a dit un jour,
C'est le vrai mal d'amour.

Dans un songe secret
Revoir le même objet,
Éprouver à sa vue
Une joie inconnue,
Sentir aussi son cœur
Palpiter de bonheur,
Pleurer quand un beau rêve
Trop vite, hélas! s'achève :
On me l'a dit un jour,
C'est le vrai mal d'amour.

Trembler lorsque parfois
Une bien douce voix
Se fait soudain entendre,
Écouter sans comprendre,
Être saisi, bien sot,
S'enfuir sans dire mot,
Dans l'extrême souffrance
Se nourrir d'espérance :
On me l'a dit un jour,
C'est le vrai mal d'amour.

A UNE FEMME

Quand même le devoir me défend de le faire
Murmurer à tes pieds des paroles d'amour,
Rallumerait les feux de ma douleur amère ;
Il est écrit au ciel que mon cœur doit se taire
    Et t'aimer sans retour.

Pur amour fraternel et réciproque estime,
Ces deux mots que tout bas a prononcé ton cœur,
Et que j'ai bien compris par ton regard sublime,
Sont devenus pour moi comme un profond abîme
    De regret, de douleur !

A LA BELLE INCONNUE

VERS ÉCRITS EN CHEMIN DE FER

Qui que tu sois, charmante jeune fille,
Ton front est pur et ton regard scintille,
Tes cheveux blonds avec un teint vermeil,
Dieu te forma d'un rayon de soleil;
De la beauté trop charmant assemblage,
  Qui t'a vu, retient ton image.

A M. P... EN LUI ENVOYANT MON PORTRAIT

On donne en souvenir un œillet, une rose,
Mais tout ça passe vite et s'effeuille en un jour ;
Un portrait, selon moi, n'est plus la même chose,
Un portrait se conserve et se garde toujours.

A MON AMI ROMANI

TU M'AS QUITTÉ

PLAINTE

Tu m'as quitté sans dire même adieu,
Ma douce amie, idole de mon âme;
Depuis longtemps tu désertes ces lieux;
Reviens, reviens, car mon cœur te réclame.

Tu m'as quitté! maintenant dans mon cœur
Je ne ressens que chagrin et tristesse;
En te perdant j'ai perdu mon bonheur,
En te perdant j'ai perdu mon ivresse.

Tu m'as quitté! mais la nuit et le jour
En vain partout je te cherche et t'appelle,
Mais je n'entends que l'écho d'alentour,
Et ma douleur devient presque mortelle.

Tu m'as quitté! dans mon malheureux sort
Je n'ai pour moi que la vaine espérance,
A tout moment j'invoque en vain la mort,
Mieux vaut mourir que souffrir de l'absence.

Tu m'as quitté! si pourtant certain jour
Tu regrettais qui t'aime, qui t'adore,
Reviens vers moi sans tarder, mon amour,
Car à genoux, tu le vois, je t'implore.

A MADAME DE C...

« Mens blanda in corpore blanda »
(IMITATION DE VICTOR HUGO)

Madame, autour de vous tant de grâce on admire,
Votre front est si pur et votre doux sourire
   Nous remplit de bonheur ;
Un regard si touchant, une démarche telle
Que celui qui vous voit, vous nomme la plus belle
   Et sent battre son cœur.

Et quand de votre voix douce et mélodieuse,
On entend comme un son de lyre harmonieuse

Les accents purs et doux ;
On croit que c'est un rêve, on doute si l'on veille,
On croit que c'est la voix d'un ange à votre oreille,
On se met à genoux.

Oh ! vous n'en doutez pas, vous l'ignorez, madame,
Car vous êtes bien chaste, et que pure est votre âme
Comme l'astre du jour ;
Mais vous faites sur nous l'effet de la sirène,
Un seul de vos regards nous charme et nous enchaîne,
On est pris par l'amour.

MON PLUS GRAND REGRET

Le ciel est pur, sans nuage,
Et d'étoiles parsemé,
Ne redoute plus l'orage,
Montre-toi, jeune beauté.

C'est Mabille qui t'appelle
Ou plutôt c'est les Lilas,
Entends-tu la pastourelle,
La polka, la redowa ?

Allons, vite, c'est la brune,
Hâte-toi, d'un pas léger,
Par un si beau clair de lune
Qu'il est doux de promener.

Oh! c'est beau dans la nuit belle
Voir Paris et ses palais;
Quand une ville étincelle,
Qu'elle a de charme et d'attraits!

Les champs encor, le Bois même
Frappent aussi bien plus vos yeux,
Et dans votre joie extrême,
Vous vous croyez dans les cieux.

Allons, vite, c'est la brune,
Hâte-toi, d'un pas léger,
Par un si beau clair de lune
Qu'il est doux de promener.

Qu'il est doux ! mais, sort contraire,
Il me faut (c'est mon destin),
Dans ma chambre solitaire
Y rester jusqu'à demain.

Quand viendront, Dieu que j'implore,
Pour mon cœur des jours plus beaux ?
Quand luira pour moi l'aurore
De la fin de tous mes maux ?

Quand pourrai-je dans ma vie
Ressentir un doux bonheur?
Quand verrais-je enfin bannie
La tristesse de mon cœur ?

Oh ! bientôt, j'ai l'espérance
(Car c'est trop longtemps souffrir),
Le bon Dieu dans sa clémence
Va bientôt me secourir.

Résigné (c'est bien plus sage),
J'attendrai ce doux instant ;
Mieux vaut que force et que rage,
Patience et longueur de temps.

Mais pourtant voyant la brune,
Je ne puis que répéter :
Par un si beau clair de lune,
Qu'il est doux de promener !

Allez donc, joyeuse idole,
Puisque Dieu vous le permet ;
Ne pas vous voir me désole,
Et c'est mon plus grand regret.

A MON AMI F. LAUREAU

LA PROSTITUTION

Je rêvais au bonheur, aux doux transports de l'âme,
Au sourire enivrant, au regard d'une femme,
    A sa virginité;
Et je disais en moi : « Le bonheur en ce monde
Peut bien se rencontrer lorsque le cœur abonde
    D'amour et de beauté. »

Je rêvais dans mes nuits à l'amour qui console,
Et j'entendais sans cesse une douce parole
    Qui répétait : Amour!
Et j'appelais alors dans un brûlant délire

Cet amour, doux rivage où la douleur expire,

Où la nuit devient jour.

Un ange aux yeux d'azur, sous l'aspect d'une femme,

S'empressa de répondre à l'appel de mon âme

Et vint à mon chevet.

Son regard exprimait l'amour et la tendresse ;

Je vis se dérouler sa chevelure épaisse

Sur son beau sein de lait.

Son sourire était doux et sa voix consolante,

On voyait à son air qu'elle était innocente,

Sans rancune et sans fiel ;

On eût dit, en voyant sa lèvre si vermeille,

Qu'elle était faite exprès pour qu'en passant l'abeille

Vînt y puiser son miel.

En la voyant venir tout près de moi si belle,

En voyant dans ses yeux briller cette étincelle

D'amour et de candeur ;

Je sentis que mon cœur par un charmant prodige

S'élevait jusqu'à Dieu. Qui donc es-tu ? lui dis-je.

Je suis le vrai bonheur.

Oh! oui, le vrai bonheur comme on le voit en rêve!

Je sens que dans mon âme un miracle s'achève ;

Oh! viens, viens dans mes bras!

Oh! viens sans retarder, car je sens dans mes veines

Courir un feu brûlant. Je viens calmer tes peines,

Me dit-elle tout bas.

Et sa main en tremblant s'enlaçait dans la mienne ;

Ma lèvre au même instant se trouva sur la sienne,

Et je croyais rêver.

Oh! reste bien longtemps, Sommeil, sur ma paupière,

Et si tout ce bonheur n'est qu'un songe éphémère,

Laisse-le s'achever !

Le rêve s'acheva, mais sa fin fut bien sombre ;

A son dernier baiser, je me trouvais dans l'ombre

Avec la vision.

Son regard était froid, son cœur était de pierre.

Qui donc es-tu, lui dis-je, ô froide messagère ?

La Prostitution !...

A Mme F... P,..

DIS-MOI, TE SOUVIENS-TU?

Dis-moi, te souviens tu de ce temps de bonheur
Où pour un jour enfin tout entier à moi-même,
Je venais tout joyeux te presser sur mon cœur,
Et répéter tout bas, ce tendre mot : Je t'aime ?

Tremblant d'émotion, haletant, oppressé,
Je ne savais que dire et sentais dans mon âme
Ce que jamais avant je n'avais éprouvé
Une secrète joie, une brûlante flamme.

J'étais heureux alors! car jamais dans mon cœur
Je n'avais ressenti ni chagrin, ni tristesse;
J'étais heureux alors, j'ignorais la douleur,
Seule, hélas! de l'amour je connaissais l'ivresse.

J'étais heureux alors! car d'un doux avenir
Passant devant mes yeux la souriante image,
C'était le temps heureux, le temps du vrai plaisir,
C'était l'illusion qui berce le jeune âge.

J'étais heureux alors! que les temps sont changés !
De joyeux que j'étais, je devins triste et sombre;
Par de nouveaux chagrins tous mes jours sont marqués.
Ma vie est le jouet de tous les maux sans nombre.

Dis-moi, te souviens-tu de ce temps de bonheur
Où pour un jour enfin tout entier à moi-même,
Je venais tout joyeux te presser sur mon cœur
Et répéter tout bas ce tendre mot: je t'aime?

. . . .

. . . .

Oh ! c'est toi que je vois, doux instant de bonheur !
Quand sur mes yeux sa main appesantit Morphée
Mais le réveil, hélas ! me remplit de douleur.
Car tout ça disparaît comme au vent la fumée.

Et le matin, le soir, à chaque instant du jour,
Partout devant mes yeux je te revois, ma chère ;
C'est toi l'unique objet de mon plus pur amour,
A toi ma vie, à toi mon âme tout entière.

Mon Dieu, veillez sur elle et faites que toujours
Elle garde pour moi son amour, sa tendresse;
Donnez-lui le bonheur, donnez-lui de longs jours,
Et chassez, s'il se peut, de mon cœur la tristesse

A JULIEN FRANCESCHINI

SON AMI, A. MARIANI

Julien, c'est pour toi que ma muse endormie
Se réveille en ce jour et se sent rajeunie
Au charmant souvenir que lui laissent tes vers.
Elle veut te donner (accepte son offrande)
Ses plus doux souvenirs, sa plus fraîche guirlande
  Et ses plus doux concerts.

La lumière en la vie est à côté de l'ombre;
Souvent l'on voit au ciel, près d'un nuage sombre,

Briller d'un pur éclat les rayons du soleil ;
Des pleurs sont bien souvent cachés par des sourires,
Souvent l'enfant joyeux qui dort au son des lyres
    Sanglote à son réveil.

Ce ne sont pas des pleurs que je veux faire entendre :
Je t'ai promis, je crois, un souvenir bien tendre,
Un bouquet émaillé des plus riches couleurs ;
Chant de guerre ou d'amour, une douce harmonie,
Tout ce qu'il est de pur et de beau dans la vie
    Et de frais dans les fleurs.

Le bonheur sur mes jours a passé comme un songe ;
J'aime le souvenir de ce vague mensonge
Où tout semblait sourire et chanter près de moi ;
Imprudent, je laissais aller à la dérive
Ma barque, sans songer aux écueils de la rive,
    Ma barque où j'étais roi.

Je croyais dans ces temps à l'amour d'une femme,
Souvent dans ses beaux yeux je croyais voir son âme
Pure comme le ciel aux plus beaux jours d'été;
Je croyais qu'ici-bas, l'amour, c'était la vie,
L'amour, flambeau divin, perle au soleil ravie,

      Astre plein Je clarté.

Je croyais à l'amour, à sa douce constance,
Je souffrais et pourtant j'adorais ma souffrance,
Par bonheur j'attendais l'aumône d'un regard.
Ce regard vint enfin, mais il était de flamme,
Il brûla dans un jour les ressorts de mon âme.

      Que ne vint-il plus tard!

Du ciel mon âme alors retomba sur la terre,
Elle vit se dresser devant elle, sévère,
Le fantôme glacé de la réalité;
Elle vit qu'ici-bas l'amour n'est qu'un doux rêve,
Qu'on commence un matin et qui toujours s'achève

      Par un beau soir d'été.

Julien, c'en est fait, le sort est notre maître,
Il faut courber le front, plier et se soumettre.
Dans la lutte, toujours le destin est vainqueur.
Il nous laisse marcher, sans cesse il nous regarde,
Et choisit le moment où nous n'y prenons garde
Pour briser notre cœur...

Je t'ai promis des chants, mais ma muse, au contraire,
N'a voulu te verser que les pleurs qui naguère
Ont creusé sur ma joue un sillon éternel...
Souvent quand le soleil sourit à la nature,
Un nuage apparaît, la mer devient obscure
Et l'eau tombe du ciel.

A MON AMI MARIANI

RÉPONSE AUX VERS PRÉCÉDENTS

———

Ami, ne sais-tu pas que toujours sur la terre

Le riche et l'indigent, la reine et la bergère,

Chacun a ses soucis, ses chagrins, ses douleurs;

Et que la femme encor qui nous plaît par ses charmes

Nous cause bien souvent des peines, des alarmes

     Et fait couler nos pleurs ?

Vois-tu cette beauté que tout le monde admire?

Heureux qui peut avoir un regard, un sourire !

Tu me diras sans doute : en elle est le bonheur ?
Hélas ! tu ne sais pas que, secrète, cachée,
Elle tient dans son âme une triste pensée
      Qui lui ronge le cœur.

Vois-tu ce blond jeune homme à la pâle figure,
Au front doux et serein, à la belle tournure ?
Sur ses lèvres toujours le sourire paraît.
On dirait en voyant sa gaîté permanente
Que cet être pour sûr n'a rien qui le tourmente,
      Qu'il est heureux parfait.

On se trompe pourtant. Toujours dans les alarmes ;
Son sourire est souvent plus triste que les larmes ;
Dans sa gaîté se cache une âmère douleur.
Bien plus encore il souffre, il gémit, il soupire,
Il souffre cependant, mais il n'ose le dire.
      Il a bien du malheur !

Et ce riche à millions, cette grande princesse,
Ce comte, ce marquis, cette belle duchesse,
Tous ceux enfin à qui la fortune a souri,
Chacun a, mon ami (je redis ma pensée),
Bien des jours de douleur, quelque peine cachée,
   Du chagrin, du souci.

Ami, n'accuse pas le sort qui t'est contraire,
Car tu n'as pas atteint le bout de ta carrière;
Ainsi, tu peux encor être heureux, sur ma foi;
On trouve bien souvent sur la terre où nous sommes
Des êtres qu'on dirait les plus heureux des hommes,
   Plus à plaindre que toi.

A moi seul de pleurer les malheurs de la vie!
Contre un sort si cruel il faudrait que je crie,
Car plus que toi je souffre; et pourtant, j'espérais!
A moi seul de pleurer mes beaux jours de jeunesse,
A moi seul de pleurer sur le mal qui m'oppresse,
   Et pourtant je me tais!

N'accuse pas la femme. Une bonne partie
Nous attriste, sans doute, empoisonne la vie
Par son humeur légère et son instinct trompeur ;
Mais aussi, qu'on l'avoue! il en est sur la terre
Dont le cœur est bien pur, dont l'amour est sincère,
Qui font notre bonheur.

Ainsi, puisque souffrir, telle est notre devise,
Puisque la femme aussi veut bien être à sa guise,
Acceptons sans crier ce qui nous vient des cieux ;
Espérons seulement, car la seule espérance
Soulage, s'il se peut, notre amère souffrance,
Vrai baume précieux.

Paris. — Imp. Vallée et Cie, 15, rue Breda.

Paris. — Imp. VALLÉE et Cⁱᵉ, rue Breda. 15.

www.ingramcontent.com/pod-product-compliance
Lightning Source LLC
Chambersburg PA
CBHW061715180626
46818CB00003B/1380